KB140474

쪽빛 바다에 띄운 시

＊ 본 시집은 1997년 발간된 이금숙 시인의 첫시집을 2014년 다시
  발간하는 것으로 자서를 비롯한 모든 내용을 초판시집 그대로
  담았습니다.

쪽빛 바다에 띄운 시

인쇄 | 2014년 11월 1일 **발행** | 2014년 11월 10일 **지은이** | 이금숙
펴낸이 | 배재경 **펴낸곳** | 도서출판 **작가마을**
등록 | 2002년 8월 29일(제 02-01-329호)
주소 | (600-012)부산시 중구 중앙동 2가 24-3 남경 B/D 303호
      T.(051)248-4145, 2598 F.(051)248-0723 E-mail:seepoet@hanmail.net

국립중앙도서관 출판시도서목록(CIP)

쪽빛 바다에 띄운 시 : 이금숙 시집 / 지은이 : 이금숙
  -- 부산 : 작가마을, 2014
    p. ;   cm.
ISBN 979-11-5606-019-2 03810 : ₩ 9,000
한국 현대시(韓國 現代詩)
811.7-KDC5
895.715-DDC21   CIP2014031024

※ 이 도서의 국립중앙도서관 출판시도서목록(CIP)은 서지정보유통지원시스템 홈페이지
   (http://seoji.nl.go.kr)와 국가자료공동목록시스템(http://www.nl.go.kr/kolisnet)
   에서 이용하실 수 있습니다.(CIP제어번호: CIP2014031024)

쪽빛 바다에 띄운 시

이
금
숙

시
집

도서출판 작가마을

• 자서

    여기에 실린 글들은 내 서른 아홉 살 동안의 넋두리이다.

    기쁘고 슬프고 괴로울 때마다 나는 나를 지탱해 나가는 방법으로 서툰 이 작업을 시작했다.

    미숙하고 완성되지 못한 글들이 더 많아 부끄럽고 송구스럽지만 나는 이 작업들을 통해 나를 찾는 연습을 지금도 계속하고 있다.

    서럽고도 아름다운 이야기도 써보고 싶었고 때론 사랑하는 사람들의 진솔한 사랑 얘기도 담아보고 싶었으나 언제나 부족하고 여린 감정들 틈바구니에서 헤어나질 못했다는 게 솔직한 심정이다.

    그래서 내 글에는 사상이나 운동권 얘기들은 찾아 볼 수 없다.

    더더구나 일부 사람들이 보아서는 정말 이해하기 힘든 글을 쓴다는 것 자체가 요즘처럼 각박한 세상에 무슨 대다수냐 싶다.

    쉽게 생각하고, 쉽게 읽어서 공감대를 형성할 수 있는 글이라면 나로선 더 바랄 게 없다.

    평범한 생활 속에서 내 나이에 걸 맞는 평범한 사람들이, 살아가며 한때 갈망했던 사랑과 잃어버린 유년의 그리움을 되살려 잠시나마 휴식과 추억을 반추하게 된다면 더욱 고마울 것이다.

이 세상에서 내가 가장 사랑하는 것은 가을낙엽의 쓸쓸함과 넉넉함이다.

마흔이 되어서도 혼자라는 사실이 버겁고 힘들지만 그 이유 때문에 삶이 힘든 것은 정말 아니다.

앞으로 남은 또 다른 나의 인생에 대해 어떻게 대처해 나가야 할 것인가가 버거운 것이다.

그래 또 시작하는 거야.(이 글을 쓰는 지금도 나는 이렇게 독백을 한다)

어쩌면 이 세상에서 가장 멋진 여행은 바로 내 자신을 찾는 일일 런지도 모르기 때문에 나를 찾는 일을 다시 시작해야만 할 것이다.

여기까지 글을 쓸 수 있도록 지도해주신 랑승만 선생님, 정공채 선생님과 문학세계 여러 문우들 특히 미숙하고 습작기인 작품을 서평해주신 강영환 선생님께 깊은 고마움과 감사를 드린다.

1997. 봄
거제도에서

시인 이금숙

이 | 금 | 숙 | 시 | 집

Contents

자서 • 4

제1부

강진기행 • 13

삶이 그리운 날 • 14

이별연가 • 16

겨울 야행 • 18

한탄강 연가 • 20

가을기행 • 22

견내량 • 24

오월 아침에 • 26

추억 세 번째 • 28

포로수용소 • 30

만가 晩歌 • 32

남부행 • 34

추억IV • 36

대통곡(오와쿠다니 계곡)에서 • 38

여의도 한복판 • 39

쪽빛 바다에 띄운 시

제2부

꽃과 남자 • 42

이제는 사랑하고 싶다 • 44

어떤 인연 • 46

직업 • 48

나는 바보다 • 50

여름 1993 • 52

이 아침의 바람은 • 54

삭망시 • 56

6호 광장 • 58

슬픈 마리아 • 59

잊혀진 꿈 • 60

부서지지 않은 회상 62

실어증 • 64

거리에서 • 65

진실 • 66

이 | 금 | 숙 | 시 | 집

Contents

제3부

야경 • 69

안개의 강 • 70

구조라에서 • 72

노래여 푸른 노래여 • 74

알 수 없어요 • 76

山의 소리 • 77

추억 I • 78

추억 II • 80

노자산 가는 길 • 81

우남농장 • 82

귀향 • 84

사랑앓이 I • 86

서이말 • 87

장승포에서 • 88

풀꽃의 노래 • 90

9월 들녘 • 92

제4부

九月노래 • 95

가을이 오고 있네요 • 96

숲에서는 별을 볼 수 없었다 • 98

별 헤는 밤 • 100

海石 • 102

시월의 기억 하나 • 104

가을날 • 106

새벽 • 108

칠월의 숲 • 109

가을비 • 110

노을 • 111

꽃을 먹는 소 • 112

섬 찔레꽃 • 114

봄날 • 116

고향 • 117

서른 잔치를 끝내며 • 118

• 해설   그리움의 도미노 / 강영환 • 121

제 1 부

강진기행 Ⅰ

바람이 솔가지를 흔들고
댓잎을 흔들고
더위에 지친
여인의 치맛자락도 흔들고 간다

적막한 산야에
푸르던 바람소리, 매미소리
내 마음 실어 초당에 오니
임 간데 없고, 차향 가득
맴도는 건 흔적 뿐이구나

뎅그렁 뎅그렁 풍경소리 구슬퍼
걷다 말고 멈춰버린
7월 유배지
강진 아웃사이더

삶이 그리운 날

비 내리고
왠지 허전한 마음
가누기 힘는 저녁이다
그 어느 누구에겐가
내 마음 가 닿는다면------
혹여 전화라도 올까
기다려보지만 소식조차 없는 것은
내 탓일 게다
절절히 그를 공유하지 못하고
사랑하지 못하고
어정쩡한 모습들로 인해
습성처럼 젖어버린 감정 탓일 게다
이런 날은
푸른 하늘만큼
가슴 한 쪽이 시려온다
내 마음인양

빗물도 젖어 흐르고
그곳에 슬픔 또한 부대끼면서
흘러가느니
비 내린 이 저녁 고요로운 적막은
사랑의 불씨 하나 피우고 싶은
그런 삶이 그리운 날이다.

이별연가

가자

2월의 찬바람 부는 바다로 가서

눈부신 봄을 만나자

더욱 깊어지는 바다 속을 헤집고

제 살들 비비며 사는

내 절망의 닻을 건져줄

돛단배 하나 만나고

불신의 아집쯤

더러운 뻘물에 씻어낼 수 있게

가자

2월의 찬바람 부는

영등시 갯가로 가자

갯벌에 누운 주름진 모래언덕

속 시원히 등 밀어주던 누이의 손길로 마주서서

섬들은 바다를 떠나지 못하고

바다는 섬들을 밀어내지 못한 채

* 16

점점이 육지를 걸치고 섰구나
언제나 떠나보내야 하는 항구에서
또렷한 목소리로 다가서는
봄아
이별의 노래는 술잔 속에서 그리움 되고
파도를 밀치며 돌아와 눕는 항적 따라
나는
그대의 이름 부르며
외진 선창길 배회하라니……

가자
우리 모두 2월의 찬바람 부는 바다로 가서
헤어질 운명쯤 바람할미께 맡겨두고
시린 해풍, 휘감겨 오는 봄을 만나자

겨울야행
―동두천의 밤

매화 꽃잎 같은 함박눈이
내 쓸쓸한 애린의 모자 위에 하얀 덧옷을 입히고
상념의 시산 위에도 수채화를 그렸다
생각하는 사람들의 마음에 눈은
언제나 하나뿐인 꿈을 덮고
봅딜런을 좋아하던 그대를 향해
경원선 열차를 타노라면
은사시나무 숲으로 긴 그림자 되어 다가서던
스산한 동두천의 시린 겨울풍경
세상은 눈꽃으로 덮여 축복의 꽃을 피우는데
꽃잎은 흩날려
잃어버린 사랑의 폐허 위에
슬픈 익명의 발자국 한 개 찍으려 한다
나의 누이여
우리가 언제 이 겨울에 만나서
서로를 확인하며 사랑의 세레나데를 불렀던가

외로움 달래려 먼 산 바라보며
파리한 모습되어 돌아서던 밤
그대가 떠났던 길 위로
소리 없이 흰 눈은 쌓이고
손 흔들며 떠나가는 신탄리행 차창너머
빛바랜 상념인양
하얗게 쌓여가는 겨울 이야기 하나

한탄강 연가

I
동으로 흐르는 개천을 끼고
어느 늦가을 경원선 열차는 북으로 달렸다
거기
어렴풋이 기억을 사로잡는 슬픈 연가
간이역 창틀엔
먼지 낀 소음들이 풀잎처럼 바래
잿빛 그림자에 얼어붙은 나는
참으로 오랜 잠속에서 깨어나
강변을 서성거렸다
가시철조망, 높다란 양철지붕이
유난스레 쓸쓸한 캠프케이지
푸른 눈의 이방인은 돌담 너머
기지촌 밖 사연들에 귀를 세우고
어디선가 사격장의 총소리, 대포소리, 휘파람소리
이름 없는 들녘의 혼을 깨운다

Ⅱ
배나무골 농장을 지나면
38선 경계비가
비목처럼 물길을 돌아나온 강을 맞는다
안식의 영혼을 실은
신탄리행 마지막 열차가
긴 곡선을 그리며 떠나고 있다.

가을기행
-낙엽소고

내가 너를 사랑하는 것은
고목나무 닮은 네 모습이 가을이기 때문이다
표표히 옷을 벗고
외양에 집착치 않으며
버릴 때 버릴줄 아는
그 정직함이 좋기 때문이다

내가 너를 사랑하는 것은
나의 고향이 항구이기 때문이다
오래 묵은 질그릇의 따스함
그 온유한 향기와
비린내 나는 쾌쾌함 속에서
항구의 밤만이 가질 수 있는 페시미즘을
이 바다에서는 느낄 수 있기 때문이다

내가 너를 기다리는 것은
돌아갈 겨울이 있기 때문이다
나를 안 순간부터
줄곧 겨울이 오리란 것을 예감하고도
기다림을 배워온 '순수의 친구'
만남을 재촉하는 엽서인양
낙엽, 오늘은 뉘 가슴으로 날아가
소복이 쌓인
한 장의 그리움을 털어내려는가

견내량

견내량을 건넌다
된바람이다
짠물 뒤집어 쓴
이순신 장군이
휘이 휘이
제 하나 그림자 감추고
유형의 땅
지키고 섰다

대교 밑
삼베 세월
내려다보니 400년
무이루, 폐왕성
님 간데없고
젖은 눈빛
아득한 빈 바다

와도 칠백리
가도 칠백리
뱃길따라 흐르면
나도 칠백리

견내량을 건넌다
샛바람이다
적조 뒤집어 쓴
이순신 장군이
네 이 노—음

오월 아침에
−5월 5일 어린이날에 부쳐

푸른 새가 날으는
푸르른 섬엔
쪽빛마음 닮은 사람 모여 살구요

노란 새가 나는
노오란 들엔
유채꽃 마음 닮은 봄이 온대요

무지개 꽃물결
춤추는 갈매기
넋두리 하듯
바람이 불면
팔색조 고운 노래 섬을 불러 모아요

푸르른 날 오시는 님

포롱 포르릉

푸른 꿈

푸른 새

푸른 마음 닮구요

그 날은

하늘 높은 곳에서

남풍이 분대요

추억 세 번 째

헤진 운동화를 끌며
비암바위 모퉁이를 돌아오던
샛강 어귀엔
소먹이는 아이들 보리 굽는
냄새가 산을 태운다

국민학교 동생과
20원 차비가 없어
십 오리를 걸으면
보리밥 한 덩이에 주린 뱃속은
언제나 허기로
텅 비어 있었지

가난이 서러운 것만은
더욱 아닌데
동생들 뒷모습에 눈물이 어려
들풀을 꺽으며 걷던 기억 저편

유난히 길어진 석양의 꼬리는
미루나무 끝에서 떨어질 줄 모르고
십 오리 황톳길 눈물에 젖어
유년의 그리움을
먼지처럼 날린다

덜 익은 한 묶음의 보릿단과
검정 날리던 맷등
도리깨 회초리로 매맞던 날들이
슬프도록
슬프도록 추워

헤진 운동화를 끌며
비암바위 모퉁이를 돌아오던
샛강어귀엔
지금은 추억처럼 꿈이 자라고
조각품 사이사이 들풀이 피어
꽃들의 노래만 귓전을 스친다.

포로수용소

소리 없이 떠도는 구름떼
쪽빛 실개천 건너서
풀잎처럼 스러진 폐허 위에 선다
죄를 씻기 위하여
몸 씻고
머리 빗고
흰 옷 입고 나서 봐도
떨어지지 않는
죄
견디기 힘들다

아마빌레 나의 사랑아
너는 새처럼 가벼이 날을 수 있는데
나는 왜
내 땅의 사슬에 묶여
버릴 것들 버리지 못하고
미운 사람 경멸하지 못하고

서른 몇 살
부패된 육신만 안고서
악쓰며 살아봐도 별 것 아닌 세상을
살아야 하는가

네 백골 잠든 계곡
이름 모를 꽃으로나 피어났으면
들풀의 사랑이나 노래하고 가지

밟히고 밟힌 육신 부둥켜안고
세월쯤 흘러가게 내버려 두고
허리 잘린 내 몸짓 하나 일어설 수 있다면
우리 활짝 어깨를 펴고
절망을 걷자
철망을 걷자

만가晚歌

저녁 무렵

회색 블라인드 창가에
노을이 찾아와
등불을 켰다

비좁은 방
나는 새우처럼 등을 휘고 앉아
안개 같은 저녁 냄새에 취한다

죠지 워싱턴의 우울한 일요일이
내 가슴 속에서 숨을 끊는다

서걱이는 거친 잡음 소리
자맥질하는 심장의 고통을 견디며
날 저무는 서쪽 하늘만 무심히 바라보다

기억 속에서 떠나는
옛 님의 발자국 소리를 들었다

남부행

그 바다의 여름은 썰렁했다
모두가 쥐죽은 듯 고요한 해변에는
썩은 고기들의 시체들만 밀려와
기름덩이 속에 파묻혀 있었다

루드바키아 꽃길 따라
철없이 떠나온 남부행 버스
어데 목쉰 소리, 애타는 한숨소리만
해변을 맴돌다 스러져 간다

늘 아침이면 바다가 깨우는 자명종 소리에
새벽을 추스르던 어부
죽음처럼 침잠해버린 동네 어귀에
고통보다 살아갈 일이 더 막막하다며
가슴을 치는 할머니의 절규,

차마 주저앉고 싶은 허탈감으로
바다를 볼 수 없어
풀죽은 어부들을 외면한 채
나는 남부의 어느 해안에
그렇게 엎드려 있었다

추억 Ⅳ

-열한 살의 고백

낯달이 떴다
논두렁에는 거름 매는 어머니 흰 삼베적삼
중참 때 멀어 참새미 물 한 모금
허리를 펴면
하늘도 돌고 낮달도 돌더라

외상술 받아오라던 아버지가 미워
검정고무신 발로 차버린 한 되 반짜리
양은 주전자

빈 소리가 되어 가슴을 울리던
초가을 하늘 위로
무심히 스쳐가던 고추잠자리 떼
술그릇 들고 냇고랑 건널 때마다
이 물 모두 술이었으면---

흰 박꽃이 고모를 닮았다
지붕을 안고
오후의 단잠에 취한 항구의 입가엔
쉬파리 몇 놈이 미끄럼을 탄다
아버지 기침소리 잦아들어
술상머리 다가앉으면
또 8월의 하루가 술잔 속에서 기울고 있다

어머니를 마중 가는 천수답 오솔길에
청미래 씨알만큼 계절이 익고
나는 소먹이는 아이들 곁에서 동화책을 끄집어내,
독서를 했다

대통곡(오와쿠다니 계곡)에서

오랜 태고의 지구를 보았네
지열이 살아 숨쉬는
세월을 역류하는 뜨거운 열기
이 세상
내가 살아있음을
오늘 나는 느꼈네

로프웨이, 와룡산 계곡에는
운무만이 진을 치고
유황냄새 매캐한 온천수가
대지를 삼켜 버리고 말겠네
죽음처럼 척박한 이 땅
꽃잎도 나무도 모두 죽어버린 폐허
신비한 활화산 같은 미소
삶의 애증이 불타는 계곡
오와쿠다니

여의도 한복판

서울 도로는 돈 먹는 기계
사람 애간장 태우는 시계추
세상구경 나온 인간 군상들의
난장판이다
모두가 저 잘난 사람
저 바쁜 발길 돌리는
방향계다

낮은 하늘과
높은 빌딩이 맞닿아
푸른 별빛마저 차마 볼 수 없는
그래서 더욱 답답한
서울 도로는
막힌 굴뚝이다

제 2 부

꽃과 남자

I

오늘은 꽃집에 가서 가을남자를 만났다
노랗고 붉은 그 남자의 향기는
빛깔만큼 곱게 나를 유혹했다
낙엽을 닮은 그 남자는 꽃집 유리창 너머로
가을이 저무는 거리를 바라보며
"오늘은 내 사랑을 받으세요"라고 말했다
누굴까 이 아름다운 남자를 선물한 이는.

II
꽃을 사러 꽃집에 간다
내 마음이 슬프면 가냘 픈 안개꽃을 사고
내 마음이 즐거우면 분홍빛 장미를 한 다발 산다
아무도 내 사랑 받아 줄 리 없지만
내가 사랑하는 꽃을 닮은 사내는
언제나 "꽃처럼 살라"며 나를 격려해준다

거리로 나선다
못내 그리운 이름들을 기억하는 해질 무렵
오늘은 어느 꽃집에 가서
내 사랑의 가을 남자를 만날까

이제는 사랑하고 싶다

마흔이 되어서야 철이 드나 보다
누군가를 사랑하고 싶은
절절한 마음을 깨달았을 때 비로소
내 나이의 무게를 느끼게 된다
정말, 이제는 누군가를 사랑하고 싶다
베개 머리맡에 앉아 도란도란 삶의 얘기 나누고
아픈 손 잡아줄 그런 사람 하나 있었으면
나는 정말 바보였을까
마흔이 넘어서야 겨우 깨달은 삶의 진리를
아직도 남의 일인 양 치부하며 살기로 작정한 것은,
나를 위해 기도해줄 사랑을 찾아
내 간절한 소망 하나 일궈간다면

오늘은
이 거리를 배회하며
그런 사랑 하나 찾고 싶다

어떤 인연

술잔을 기울이다가
어쩌다 마주 친 얼굴
조금은 지친 듯 야윈 모습으로
말없이 마시는 분위기가 습관성이다
어제도 그는 그랬고
그제도 그는 그랬고
오늘도 그는 이 카페에 나와 술을 마셨다
언제였을까
기억 속에서만 맴돌던 재회를 기다리며
오롯한 사랑 하나 키워내지 못한 채
저리 방황하는 가날픈 꿈을
부질없이 술로서 달래는 날이면
마시는 사람이건
바라보는 사람이건
그날은 우리 모두 바람이 되었다

취하여 비틀거리는 세상을 삿대질 하다가
우울한 날들 때문에 또 술을 마셔대고
시간은 골목길을 돌아
세월의 표층을 만들며
온갖 추억과 사랑과 이별을
낮은 습지의 안개처럼 가리려 한다
살아가면서 어쩌면 기억하고 싶지 않은 사람 있었을까
토해내고 싶은 오욕의 잡동사니들을
오늘도 그는 술을 마시며 꾸역꾸역 토해낸다
이 세상 모든 죄악의 너울 벗기 듯
한 잔 또 한 잔
술잔을 기울이면서

직업

글을 쓴다는 것
신문을 만든다는 것
의외로 이 일들은 내게서
기쁨이며 슬픔이며 고통이다
화물칸의 짐짝처럼 앉아서
더부살이 인생을 배우러 다니는
나 아닌 내 모습
타인이 되어 거제로 돌아오는 한 장의 신문
제작국에서 편집국으로 윤전부로 오르내리는 계단
70개의 힘, 고달픔
오늘은 땀방울 또 몇 개가 이마 위에서 춤을 추었을까
뛸 수밖에 없어
생각 끝에 마주 친 나는
언제나 그렇게 삶의 이방인
한 발자욱도 내디딜 수 없는 무력감으로
초가 되어버린 지금,
내가 할 수 있는 단 한가지

손을 털고 기억을 지우고
편안한 마음으로 잠을 청하는 것

오늘
가진자의 포만감이 부럽다

나는 바보다

어디선가 나도 모르게
그리움이 싹 하나 그대를 향해
한 뼘씩 자라나면
먼 발자욱 소리에도 놀라 저만치 동구 밖 저문 하늘만
내내 바라보는 바보가 된다
때로는 그저 웃는 모습이 좋아서
더러는 화난 모습이 우스워
환청처럼 귀 기울여 보는
처량한 나의 사슴이여
그 어디에
이렇게 가슴 저미는 힘 있어
그리움의 싹은 커 오르고
또 자라서 숲을 만드는가
내 하나의 슬픔이기 전에
사랑하는 마음 가슴 속 응어리는
불이라야 녹혀질까,
물이라야 식혀질까,

애린의 섬 위로 떠 오른 빈 배여
내 아직도 너를 사랑하고 있음에
오늘의 이 고통은 부질없는 것이 아니다

여름 1993
-제2회 여름시인학교

그 곳에는
그리움을 부둥켜안고 사는
신들의 판짓집이 웅크리고 있었다
내가 태어나고 가장 고독하고 외로웠던
서른 몇해의 여름
시인들은 장대비를 맞으며
청맹과니처럼 시를 읊었고
태풍이 끝난
정적을 틈타
여름 바닷가에는
청자빛 바람이
공허한 추스림으로
다가섰다
밤이슬에
더욱 몽롱해지는 언어
서산마루

달이
제 그림자로 남겨진 욕망의 덫에 걸려
우울한 안개를 피원내고 있다
늪에서는
호적소리 같은 청맹과니 울음
떠나는 1993.

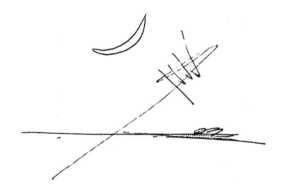

이 아침의 바람은
-1994년 1월 1일 아침에

이 아침의 바람은
우리 것이었으면 좋겠다
저 우크라이나 벌판
태평양 열도를 넘어서 오는
신기루가 아닌
백두대간에서 실려 온
우리 것이었으면 좋겠다

이 아침의 바람은
녹즙이었으면 좋겠다
게르마늄 함유된 쥬스
냉이, 달래, 쑥------ 씀바귀
청둥호박의 단내
저기 흐르는 꿀맛 같은
상쾌함이었으면 좋겠다

이 아침의 찬바람은
언땅 곳곳마다
무거운 산이 내려앉는
그 산의 한숨 섞인 분노가 아닌
오뉴월 보릿고개 이겨낸
새 힘이었으면 좋겠다

정말 이 아침의 바람은
넉넉한 웃음에 길들여 있는
할머니의 '떠러미'
훈훈한 삶의 정이 흐르는
숨결이었으면 좋겠다

삭망시

I
바람으로 와서 바람으로 가는
이별인가 보다
이 세상
오직 하나 되어 나를
아름답게 하던 이
「삶은 고독의 바다에 떠 있는 섬」이라
그 쓸쓸함조차도
아름답다 하던 이
하루가
질펀한 갯벌에 누운
방게들의 행동만큼 단조롭다 하여
죽음을 생각하던 이
공허한 웃음소리 떨구며 가는
그대는 바람인가 보다

Ⅱ
새벽바다에 별이 뜬다
삭망시—
칸델라 불빛 닮은 건착선
통통통--- 가슴이 뛴다

Ⅲ
절망의 상처들은 언제나 아프다
기억뿐인 술취한 아버지
싸릿문 밀치며 지친 얼굴의 어버님
윤사월 보릿재
아직도 넘나드는 한恨의 바람
죽고싶다는—
욕망의 하루
오늘
갯가엔 황소울음 같은
오후가
골라앗 크레인에 들려 올려지고 있다

6호 광장
−마산 출장중

방향 감각을 상실한
오래된 시계탑에
무겁게 내려앉은
시간은
하루 왼 종일 9시 14분

닮은꼴의 낯설은 도시
낯설은 사람
낯설은 풍경이
낯설은 시간 하나를 비웃으며
허공에서 웃고 있다

슬픈 마리아

마리아
쉽지 않는 작업들이
나를 우울하게 한다
거추장스런 모습의
일상들이
저마다
각양각색의 꿈으로 되살아나
갑옷 입은 병정마냥
무겁다

내 팽개쳐도 되는데

쉽지않는 작업이다
우울한 계절의 움직임이
날카로워진다
가진 것 하나 없는
넓은 세상 한 귀퉁이
설 곳은 어디

잊혀진 꿈

숲속이었네
나뭇잎 속에는
내 신발과 가방과
유년의 옷가지들이
제각기 한가지씩
그리운 모습되어
들어 있었네

그 해 봄의 열정
여름 장마비
이별의 슬픔까지도
낙엽은
스며젖은 향기처럼
곱게
세월의 그림자를
묻어 두었네

하루에도 몇 번씩
얼굴을 마주치며
이름을 부르며
계단을 오르내리며
꿈엔 듯
스쳐가며 기다리던 사람

바람이었네
북풍의 칼바람 속에는
잠든 여름 끝에서 가을이 울고
구르듯 그림자 끌며
겨울이 침묵처럼 스며들고 있었네

부서지지 않은 회상

동창을 열면
언제나 그곳엔 그립고 보고픈
그대가 있다
눈발이 하나 둘 창가에 부딪쳐
물기 젖은 꽃잎으로 서성대다 가는 길은
겨울바람 한 줄기 문풍지 스치고
세상 밖 사연들에 사로잡힌 얼굴
어스름 선술집 육자배기 장타령이
체념인가
추스림인가
희망이던가

거리엔 늘 뒷모습 보이며 떠나는 사람들
불꺼진 창 외면하려 포장마차에서
한 잔의 술을 마시고
술잔 속의 바람이 낮은 하늘로 맴돌아
푸석해진 얼굴 위에 잠을 풀면
혹여 그대도 같은 생각일까

서러움에 목이 메여
더러는 등 떠밀려 살아가는 남처럼
우리도 그렇게 잊혀지며
잊혀지며 살아가다가

마흔이 넘어서도 알지 못하는
죽음 뒤로
그대가 보고 싶어
동구 밖에 나서면
달빛 아래 손 흔들던 야윈 눈웃음

동창을 열면
저만치서
잊혀져간 포구가 보이고
언제나 그곳엔
그립고 보고픈 그대의 환상이
나를 붙잡아 놓고 있다

실어증

말을 잃어버린 딸애의 손짓을
눈빛으로 읽으며
이 세상 장애자 어머니의 가슴을 이해 할 수 있겠다
혼탁한 세상의 언저리마저 맴돌지 못하는 피안,
시는 마음으로 쓰고
글은 정신으로 쓰고
말 못할 사연들은 가슴에다 쓰듯이
저 슬픔의 그늘진 곳에도
행복은 있다
아침 뉴슬르 보며
무딘 그림자 속에 박혀 있는 딸애의
환상
찢어 버리고 싶다

거리에서

−미니스커트 아가씨가 나는 부럽다

열병을 앓는다
거침없이 토해내는 헛소리
비지땀을 흘리며 뙤약볕에 서 있어도
심장에서부터 떨려오는 추위
견디기 힘들다
세포 속 겹겹이 둘러 쌓인 비만 증후군
여자나이 서른 다섯의 고뇌
보인다
어질어질한 미니스커트, 여름
오뉴월 장마비의 후줄근한 기억
투명한 눈으로 확인한 오늘,
그러나
지금 열병에서 꿈을 깬
천박하지도 야하지도 않는
내가 좋다

진 실

인생이란 즐거움보다도
슬픔이 더 많은 삶이다
오늘 거리의 주검 앞에서
내 자신이 살아있음을 감사한다

어제의 내일은 오늘의 과거보다
찬란하다
미래는 꿈속에서 존재하고
사랑도 이별도, 때론 나의 죽음까지도
순간의 마음먹기에 달려 있음을
깨닫는다

사랑하는 것들로부터 이별하는
조금씩 이별하는 연습이 필요하다
나를 지탱하고 밝혀주는 한 줄기 촛불이
사그라져 타버릴 때까지---

제 3 부

야 경

-옥포 밤거리

어둠 속에는 모두가 깨끗하다
보이지 않는 것
볼 수 없는 것
그것들을 확인하기 전까지
저 강물 썩은 시궁창도
시들은 들꽃의 애처로움도
그저 깨끗한 제 모습이다

불빛 속에는 모두가 아름답다
네글리제 차림의 마네킹
그 눈빛
활화산 같은 미소
휘황한 도시가 미쳐 돌아도
12시 20분의 밤은
아름답다
그저 아름다운 것이다

안개의 강
－사랑하는 사람을 그리워하며

강물이 흐른다
성근 바람에도
물결은 끝없이 출렁이고
기약없는 배웅 연습에 몸부림치는
살아온 날들의 흐느낌
낮은 파도소리

세상은
우리가 털어낸 먼지들에 덮여
쓸쓸히 길 위에 누워있다
열매들이 영글고
비워있는 공간의 무게만큼
낙엽들이 채워진다

그대를 그리워 하는 일
또는 내가 그리움의 대상이 되는 일
사랑하는 사람을 그리워하듯

그대를 사랑하는 일
안개가 잠자는 동안
모든 것은
강물 속에서 바람으로 일어난다

돌아갈 공간의 빈 뜨락에
그리움의 가을이 묻힌다

순백의 실크인양 촉촉이
안개가
피어나고 있다

구조라에서

-첫 단비

그대가 가르쳐준 바다였습니다
잔물결 하나 없는
고요로운 바다
비가 내리더군요

오선지 따라 음표가 그려지고
조약돌이 하나 둘
도
    레
       미
파솔라시도------

무던히도 기다리던 비였습니다
태풍이 온다기에
걱정하는 얘기가 아닌
온통 비 얘기 뿐이었습니다
이토록 차거운 물방울 의미가

소중한 줄을
살아오면서 미처 깨닫지 못했습니다
내 마음이 자라듯
오늘 논두렁의 볍동이 5㎝는 더
자라겠지요

그대가 가르쳐준
바다로 갔습니다
물안개가 먼 섬을 휘돌아
내게로 오고 있었습니다

노래여 푸른 노래여

Ⅰ
내 아버지의 가슴은 푸르다
내 어머니의 가슴은 더욱 푸르다
그러나 두 사람의 가슴을 닮은
바다는 은빛이다
은모래빛이다

바람이 불면
종마의 갈기같이 허연 칼날을 세운
바다의 노래를 듣는다
때로는 파도를 탈 것이다
내 아바지의 노래
내 어머니의 노래
아리랑 아리랑 아라리요

Ⅱ
양지암을 돌아오는 물새소리
발동선 소리, 보리새우 튀는 소리
"이 어장은 내 것이다"

외치는 삼촌의 목젖 울린 절규
바다의 가슴은 그래도 은빛이다

누가 내게 자맥질을 강요했나
누가 이 시퍼런 칼날같은 세상의 파도를
삼키게 했나
저 바다 돌아 고기잡이 떠난 배여!
아리랑 아리랑 아라리요

Ⅲ
가슴을 채우는 노래를 듣고 싶다
내 아이들의 가슴을 채우는
푸른 노래를 듣고싶다
이 세상에 태어나서 부모가 되고
내 아이들에게 들려줄
저 시퍼런 바다의 푸른 노래를
나는 듣고 싶다
아리랑 아리랑 아라리요

알 수 없어요

늘
침묵으로
흘러가는 것은
물일까
마음일까
뜨락엔 가을 닮은 달
걸리어
스산한 꿈을 풀고
잠깐 졸음을 박차
옷깃 추스르면
마음에 지는
낙엽은
또 무엇인가
잎새 숨겨논 몸짓으로
우는 귀또리
청량한 밤
댓닢에 흔들리는
내 슬픈 꿈

山의 소리

노을 내리고
이따금 불어오는 바람
해살스런 봄볕 기울면
하늘 먼ㅡ곳
뉘
슬픈 노래로 나를 부르느냐
아무도 찾지 못한 저문 들길
지친 걸음 저대로 끄을고 가면
가도 가도 끝없는 서툰 인생길
불 밝힌 창가에서
메아리가 나를 부르느냐
그대 별이 되어 나를 부르느냐
노을에 물드는 청솔 바람소리
슬픈 山의 소리

추억 I

바닷가에
가난했던 나의 고향이 있었어요
보리죽 눈물밥 먹는 게 싫어
훨훨 떠나버린 젊음인데
먼 길
돌아와서 갈 곳을 몰라요
너무나 커져버린 섬, 집, 거리
내가 찾던 고향이 아니었어요
바다가 그리워서
그리움이
하도 애달파서 달려왔건만
어데 한군데 발붙일 곳 없어요
섬에는 궁전만한 조선소가 두 개나 있구요
집들이 성냥갑 모양 빼곡빼곡 들어차
산이랑 바다를 가로막아 버렸어요
오르고 싶던 한 때의 소원
열망은
하늘 한번 쳐다 볼 여유도 없이

사닥다리 끝에서 바둥거렸댔지요
그랬는데

이제는 숨이 가빠와
소음 없는 고향이 그리워져요
아아
발가벗은 몸으로 물장구도 치고 싶고
가을 하늘 가득한 고추잠자리 떼도 잡고 싶어요
하루가 가면
또 한 시간 나의 죽음은 그늘져 오고
손때 묻은 정다운 벗들과
언제나 이별연습을 해야하는 습성을
익혀가야 하겠지요
능개라는 바닷가에
나의 고향이 있었어요
작은 포구와
해안과
갈매기가 날으는

추억 Ⅱ

 −칠천도를 건너며

실릉섬 사이로
세월은 소리 없이 물결을 스치고
일곱목 여울을 선너서 가변
대숲을 흔드는 갈잎의 노래
새색시 가마타고 오시던
나루터에
오늘은 할머니가 페리를 타시네

노자산 가는 길

휘어진 산길 따라
밤꽃 향기 그윽해
산 빛에 몸 맡기니
마음 벌써 꽃이라네

산마루 계곡마다
바람 한 줄 묶어놓고
물길 한 줌 묶어놓고
사랑 하나 달아놓고
계곡물에 발 담그면
어데사
울어예는 산새들 울음소리

초록은 동색이라
시름 벗어 빨래하고
고승의 목탁소리 흉내라도 내면서
구름인양 신선인양
산빛에 젖어보리

우남농장

그곳에는
낙엽색깔을 닮은
가을 여자가 살고 있다

파스텔톤색과
마른 풀잎과
아주 낮은 나무의자를 무척 아끼는
그녀의 직업은 "화가"

「내 노래의 끝이 여기 있노라」던
권투선수 농부의 아낙은
양지바른 언덕 위
초록지붕의 집을 짓고
때론, 심해선 밖 사연들에 귀 기울이며
썰물 되어 밀려가는 포구를 지키고 있다

낮은 잡초들이 웅웅거리며 지나가고
한때의 유자밭--- 바람이
가을노래 되어 익는 날
어느 새
과수원에는 그리움의 실개천 하나 흘러

쪽빛 바다가 내려다보이는
그곳에는
항시 다가가 품고 싶은
보랏빛 물망초 닮은
가을여자가 살고 있다

귀 향

낙엽이
내 한 잎의 설움에 젖어 떨어집니다

떨어진 낙엽 곁엔 가을바람이
썰물 되어 밀려가 앉아 있습니다

가로등 숲 끝에는
설움 때문에
아직도 웃지못할 일들이 웃고 있구요

소식도 없이
소식도 없이
나에게서 떠나간 모든 것들이
오늘에사 비로소 문을 엽니다

어머니와 할머니의
할머니와 그 할머니의 한이
바람되어 머무는
선창가 싸립문 밖

내 하나의 설움마저
떠나 갈 때면

그 때사
낙엽은 내 그리운 모습되어
돌아오고 있겠지요

사랑앓이 Ⅰ

할미꽃 같은
내 사랑
그 어디에
당신 향한 그리움
솟구치는지 몰라
가덕도
먼발치만 바라보다
흥건히 적셔 버린
눈물 베개닛

서이말

안개바다를 두고
등대는
잃어버린 육지를 생각하고 있을까
어제
너의 사랑 가득한 미소가
파도로 밀려오던 토말
면벽의 귀양길처럼
불빛만이 정적을 깨우는 해무 낀 이 섬의 끝에서
등대를 생각하는
작은 너의 혼은
누구의 그림자이길래

장승포에서

四月이
우울한 그림자로 다가와
찌푸린 하늘가를 맴돌고

급새바람 탓에
항구마다 닻을 내린 배의
허황한 부딪힘

찌들은 인간들의 비린 내음새가
선술집 탁자 위에 술병처럼 나뒹굴어
컬컬한 목젖을 타고 흐른다

이렇게 아름다운 계절인데도
목청 돋워 기뻐 할 수 없는 것은
밤새도록 울어 젖힌
가난한 영혼들 야윈 눈물 바람 때문

등대 밖 지심도에는
오늘따라 유난히 동백꽃 붉고
햇살 가득한 매립지 어판장 구석구석
아낙의 웃음소리 초록으로 물든다

풀꽃의 노래

아직은 이 한 뼘의 공간에
나를 꽃피울 수 있는 한 줌 흙 있어 좋아라
잎은뱅이 제비꽃보다 더 작고 보잘 것 없는
이름 모를 꽃이어도
목 길게 뽑아 한껏 치장한 내 얼굴
어여삐 흔들어 줄 바람 있어 좋아라
어느 봄날
내 얼굴 위로 따사로운 햇빛 비추고
나비 떼 꿀벌 떼 무수히 앉아 도란거리는 소리
가장 기쁜 생명의 씨앗 잉태되어
이 세상 태어나 살아온 보람을 느낄 때
사람들아 어딘들 나보다 못한 꽃 있으랴만
나를 꽃피운 나의 모습에 만족하고
나를 지탱해준 흙에 감사하며 사는
오늘 이 황토빛 붉은 공간이
나에겐 작은 행복이어라

9월 들녘

가을이 내려앉은 벌판 가득
당신의 은총이 눈부십니다
햇실 한 웅큼 바람 한 줄기노
오늘 이 들판에서는 평화롭습니다
그대를 위해
성찬을 마련한 농부들의 땀방울만큼
영글어 결실을 기다리는
이 벌판은
어머님의 가슴 같은 풍요가 넘칩니다.
동박새 직박구리 무논을 헤집고
참새떼 허수아비 친구 되어 노니는 곳
가을이 내려앉는 들녘 가득
당신의 은총이 진정 눈부십니다

평화로운 가을 아침입니다

제 4 부

九月 노래

거리마다 외로움이 풀풀 휘날리고
바람구멍 난 돌담길 허리
낯설은 편지 하나 꽂혀
가을이 버리고 간
서너 평의 사랑을 이야기 한다
편지는-(발신인도 없다)
살을 태우는 낙엽으로 쌓여
물과 바람과
그 해 여름의 허기진 파편이 되어
바다가 그리운 날엔
바다가 없는 갯가에 향수처럼 눕는다
도시의 어둔 그늘로
이따금 북풍은 살을 할퀴어
시린 손발을 묶고
누구에겐가
허무로 돌아오는 처량한 소리 있어
손때 묻은 그림자 둘
가을 모퉁이에 섰다

가을이 오고 있네요

가을이 오네요.
희뿌연 담배연기,
그 속에 감춰진 여인인양
그렇게 오고 있네요
아시나요
당신의 가슴에 드리워진
짧은 사랑의 여운을

못잊어 그리움 감추려 책갈피 속에
접어둔 내 인생의 여로
그것처럼 가을이 오고 있네요.
단풍이 아름다워요
푸른 하늘도요
그리고 어쩌다 그 하늘로 날아가는
가을 새, 그 외로움도요
아시나요

당신은 그런 내 마음을
가을은 그래서 더욱 슬프고
단풍은 그래서 더욱 아름답구요
낙엽은 그래서 서걱거리며
겨울을 재촉하네요
가을이 깊어 가네요

숲에서는 별을 볼 수 없었다

별을 보러 산에 오른다
하루도 빠짐없이 도장 찍는
출근부 사인판을 덮어놓고
보지 않으면 미쳐버릴 것 같은
영혼을 잠재우는 바람소리 따라
너를 만나러 산에 오른다

수풀은 밤이슬에 젖어 잠들어 있고
별빛 속에 다가오는 심상
초저녁 한기에 몸을 맡기며
(이제 여름은 끝났구나)
독백을 한다

엉게나무 청미래 덩굴 속에 묻혀
숲은 말이 없는데
어데서 산은 메아리 되어 나를 부르고 있는가
별은 더 높은 하늘에 잇고

다 제쳐두고 떠나온 도시의 온기가 슬며시 고개 드는
아침
미련처럼 가방을 챙기고 화장을 하고
출근준비를 서두른다
바라본 하늘에는 별이 없었다

어쩌면,
별은
내가 안을 수 없는
또다시 더 먼
하늘로 밀려 올려져
나의 긴긴 산행을 기다리고 있을지 몰라

별 헤는 밤

三月이 가도
겨울은 그대로 모래밭에서 떠날 줄을 모릅
바닷가에는 조개껍질만큼이나 수많은
별들이 반짝거리고 그 별들 속에
말없는 내 별 하나 봄을 기다립니다
누구의 슬픈 맘을 씻고 오는 중인지 파도는 흰 물결로
눈물을 씻어 냅니다
세상에서 가장 아름다운 저녁은
길손의 영혼을 빼앗아
어부의 그물 속에 가두어 버렸습니다
물새들의 나래 짓, 군무를 보며
나는 비상하는 한 마리 새가 됩니다
거칠 것 없는 찬란한 노을 행해 솟구쳐 오르며
이 바닷가에서 나는 별을 사랑하는
순박한 어부의 딸입니다

아아—
남풍이 붑니다
달이 뜹니다

바닷가에는 조개껍질 수만큼이나 수많은
달빛이 출렁거리고 그 별빛 속에
돌아 앉은 겨울이 수면 속으로 잠겨 듭니다
늘 혼자인 바다는 말이 없고
나는 말없는 바다의 언어를 배우기 위해
오늘도 모래밭을 떠나지 못한 채 서성입니다

海石

I
세상사 잊을까
천년을 반기며 보내며
부대 낀 눈물 섬
물길을 돌아 다시 흘러도
내 어깨에 실린 세월
너무 무겁다
한잔 술에 바라보면
넉넉한 해후
오래도록 가슴에는 노을이 지고
고향은 어느새 봄이 오는가

II
 거리엔 달려오는 바람의 행렬
벌판에는 여린 듯 꿈들이 솟고
결빙된 산하에서 출렁거리는
저문 동구 밖 한 길쯤의 삶

바람 불어 저리 나지막히 들어앉은
고향엔
비워둔 삶의 무게만큼 젖어있는 목숨 하나
손사래 치는 외로움으로
돌아서다 다시 보는
내 슬픔의 귀로

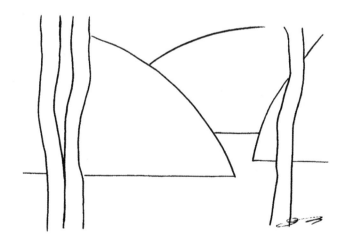

시월의 기억 하나

한 점 바람도 없는 이 고요한 저녁 놀
가을은 살아 숨쉬는 것은 묻지 않았다
안개처럼 떠다니는 기억의 얼음장마다
네가 가져간 시간과 버리고 간 시간의 풀잎들
무심히 익은 세월 깊숙이
그리움은 또 얼마나 눈물겨운 기다림인가
나무들 젖은 어깨 너머
메마른 가지들은 서둘러 이파리들을 털어내
겨울 속으로 사라져 가고
한때 우리들의 절망이 삶의 전부였던
젊은 날의 광기는
무거운 발자국마다 그렇게 추억을 끌며 오고 있었다
아마빌레
너는 어느 계절의 그리운 영혼이기에
이 들녘 꽃잎 되어 젖어 있느냐
내가 사랑한 시월의 숲은
다시금 서러운 가을로 물들고 있는데

추억 속에서, 너는
그때처럼 아직도 잠들지 못한 채
낙엽을 밟으며 커피 향기로 오고 있을까
그 때도 그리운 얼굴 몇쯤 보고 싶어서
이 저문 하늘을 헤매이다가
어쩌면 내 슬픈 사랑의 강물되어 흐르고 있을까

가을날

-1989년 의정부

날씨 탓에
휑하니 바바리 깃을 세우고
거리로 나섰다
쇼윈도우마다 내걸린 휘황한 사치품들로
주눅이 들어버린 초라한 내 모습 감출 길 없는데
나란히 걸어가는 두 사람 어깨가
무척이도 따스해 보여 눈물이 났다
바라보는 것만으로도 족한
나의 사랑은
언제나 이별뿐인 그리움의 편린들
남편이란 넉넉함 속에서
왜 나는 그 공간의 의미를 체험하지 못하고
어둔 저녁의 안개로 남겨져 버렸을까

깊어진 가을 속을
홀로 걸어가는 낙엽같은 여자가 밉다
종내 사라지고 말 잔재들로 들끓는

정거장에 서면

나도야 그 더미에 섞인 작은 한 잎 낙엽일레라

사랑하는 것은

늘 감정의 저편에서 우울한 샹송을 듣는 것

그리고 더러 슬픔 속에서 웃음을 토해내고

내가 없는 나의 유희를 생각하며

기다리는 마음으로 살고 싶은 것

새 벽
-여름이 오는 어느 날

동틀 무렵까지
아직
몇 시간은
더 남아 있는
스란치마 같이
고운 여인女人

정갈한 모습
해변은
우윳빛 안개
모시 한 올 그림자로
태갈에 서면

별이
휘어진 가지 끝에
맺혀
하나 ---
둘 ---
사위어가고

칠월의 숲

—옥녀봉 산책로

유월이 가고
숲에는 칠월의 솔바람이 불고 있다
비개인 오후
옥녀봉 산기슭을 걸으며
어제인 듯 스쳐간 추억과 사랑과
그리고 우리들의 만남을 기억한다
아무도 밟지 않은 길 위로
상처난 파편들이 꽃잎 되어 뒹구는데
차마 떠올리지 못한 그리움의 상념들은
어느새 청솔가지 끝에서 깃발이 된다
이 세상에 나 혼자인 외로움
말 없는 산 언덕배기
그대 그리워 고개 들면
청량한 솔바람 되어 다가서는
칠월의 숲
바람이 되어가는
나

가을비

세며
돌아가는 길
초롱 섬 하나
낙엽지는 어딘 듯
후줄근히 적셔올
그리움

그리움

노을

누구의
그리움
저토록 깊어
가슴에
멍이 되어
하늘로
피었나

꽃을 먹는 소

아이야
저기
벌판을 달리는 황소가
꽃을 먹는구나

언제 피었는지
피어
바람에 흩날리는지도 모른 채
황소가
누워
꽃을 먹는구나

황소가 먹는 꽃은
세월인 걸
그저 풀잎인 걸
사람이 보고
그게 꽃이라 하는구나

벌판 가득
꽃방석 만들어 놓고
황소의 여물이 되어가는

자운영꽃

섬 찔레꽃

그대를 닮은 꽃이더니
죽어
온 산하에
섬 찔레꽃으로 피었구나

피어난 순정, 언덕빼기 누이의 넋이런가
후줄근히 뙤약볕에 드러누워
눈물 반, 설움 반 배고픔으로 피었구나

그대를 위해 가시나무 가지를 만들고
희디 흰 꽃망울 터뜨려
이 세상 홀로 남아
오직
그대를 닮은 꽃 되겠다면
약속은, 유월의 진혼곡,

아버님 산소 옆 후미진 응달에도
줄줄이 뻗어 걸치고선
가슴 적시던 바람꽃
속살마저 바래버린
무지랭이 같이
dl 강산 유월의 산하에
독기 품어
잊혀진 사랑을 지키려 함인가

그대를 위해 꽃을 피우고
기다림에 지쳐서 타버린 입술
슬픈 영혼의 흰 숨결로
너 청록빛 들녘에 잠들어 있구나

봄 날

산이 하늘로 오른다
들길로 오는 봄
마중가는 딸
한 손에 쑥바구니
한 손엔 웃음보따리
메아리 높게 울려
숲은 음률을 뜯고
딸은
네 살박이 타박걸음으로 봄을 걷는다

산이
들이
아이가 구름을 탄다

고 향

밀보리 누런 들길 지나노라면
두엄냄새 풀냄새 어머님 향기
가는 길 이십 리 마음은 십 리
언제나 설레며 돌아가는 길
보셔요
여기는 청노루 고향
산딸기 익어 가면 술을 빚어요
그 옛날 놀던 친구 만날 수 없어도
주름진 여윈 얼굴 보고 싶어서
날마다 꿈마다 달려오던 길
두엄냄새 풀냄새 시오 리 밀밭길
가슴으로 흐르는 능포 고향길

서른 잔치를 끝내며

나의 서른 인생은 그렇게 갔다
가로수마다 떨구어 낸 잎의 쓸쓸함
또는, 계절이 가져다준 고독과 외로움
거기에다 반평생 살아온 서른아 홉의 비애는
늘 우울한 그림자처럼 나를 감싸고 돌았다

무엇이 낭만인지, 거짓인지 진실인지
채 갈피를 잡기도 전에
나의 서른은 열 살 난 꼬맹이 하나만
달랑 남겨두고, 그렇게 끝이 났다

시작은 꿈도 많았고
잘 익은 과일의 달콤한 향기처럼
환희에 넘쳐 흘렀 건만,
불혹을 바라보는 나이 앞에 서면
어쩔수 없이 왜소해져 버린 나를 만나게 된다

전생에 나는 무엇이었던가
서른아 홉의 잔치를 마무리하며
아무리 애써 봐도 볼 수 없고 느낄 수 없는
나를 다시 불러 세워 거리로 나선다
그래
또 시작이야
멍에의 사슬을 끊어도
인연의 사슬을 거부해도
필연으로
시작될 내 마흔의 생生
사랑해야지
기쁜 마음으로
다시 시작해야지

해설

그리움의 도미노

강영환(시인, 《열린시》 주간)

요즘 전국의 유명서점에서 잘 팔리는 책으로는 문학서적보다 컴퓨터에 관한 책이나 돈벌이에 관한 책, 여행정보에 관한 책들이라는 게 매장 영업담당자들의 공통된 의견이다.

그들에 의하면 문학서적 코너는 서점의 구석진 곳으로 옮겨진지 오래되었고, 시집코너에는 서서 구경하는 사람들조차 드물다는 것이다. 특히 시집을 출판하려면 아에 그만두라는 절망적인 주문과 더불어 시집을 꼭 낼려거든 십대들의 취향을 겨냥하는 것이 실패하지 않는다고 귀뜸까지 해준다. 책을 읽는 세대는 초등학생들과 중학생, 즉 십대들 뿐이라 해도 과언이 아니다. 그 외 세대들은 그야말로 바쁜 일과만으로 짜여져 있어 서점에 들를 시간적 여유가 없다는 것이다.

이런 절망적인 상황임에도 불구하고 이 당의 시인들은 끊임없이 시집을 출판해 낸다. 그렇게 하지 않으면 세상을 뜨기나 하는 것처럼, 팔리지 않는다는 것을 뻔히 알면서 그리움을 삭히기 위한 몸부림쯤으로 보이는 시인들의 시집 출판이야말로 이 땅의 순수를 지켜내는 잠수함 속의 토끼가 아닐까.

물론 몇몇 시인들은 동화를 쓰기도 하고, 소설 쪽으로 기울어져 옷을 바꾸어 입기도 하지만 그런 모습들에서 더더욱 시인의 처절한 몸부림 같은 것을 느낄 수 있음은 무엇 때문인가?

현실에 부대끼면서도 시인들이 끊임없이 노래를 그치지 않는 것은 그들 내부에는 채워지지 않는 공허한 것이 따로 있기 때문이 아닐까. 시를 쓰지 않으면 그 블랙홀 같은 공허가 점차 커져서 시인을 침몰시켜 버릴 것 같은 압박감에 그들은 사로잡혀 잇기 때문이다. 어쨌던 시인들은 시대에 뒤떨어져 있거나 아니면 몇 십 년을 앞서 살아가는 현실부적응자일 뿐이라는 사실이다.

한 사람의 시인을 이해하기 위해서는 그의 채워지지 않는 공허가 무엇이며 그 실체를 파악해 보는 수 밖에 없다. 그래서 시인이 시를 쓰는 행위에 대하여 버크는 시인을 괴롭히는 세계 곧 「부담」에 대해서 시인은 쓸 수밖에 없다고 하였다.

부감은 신체적 결함이나 약점 같은 것이며 시인은 늘 그 부담에 대하여 쫓기고 있다고 여긴다. 그러기에 이 부담은 질병 같은 육체적 본질을 내포하며 재산을 모아 빚을 갚듯이 이 부담의 축적과 그 축적에 대한 통찰을 기초로 생애 대하여 승리하고자 한다. 시인은 곧 자신의 약점 속에 귀속적 이점을 갖게 됨으로써 승리한다는 것이 버크의 생각이다. 시인에게 주는 고통들이 시인의 문체를 태어나게 하고 그 문체는 또한 시인의 육체적 질병과 은밀하게 연관된다는 것이다.

버크가 말한 부담은 신체적 대상을 주 관저므ㅇ로 하고 있지만 이를 정신적인 측면에까지 확장해 볼 수 있을 것이다. 그랬을 때 시인이 가진 부담은 내적으로 바로 채워지지 않는 공허이며 이를 향해 수렴과 확산을 거듭하며 질주해 간다. 한 편의 시로써는 끝나지 않는 공허에 대하여 접근하는 것이 그 시인을 이해하는 방편이 될 것이다.

이금숙 시인의 작품에서는 갈증을 해소시켜 주지 못할 그리움이 배어 나온다. 그는 끓임 없이 그리움을 생산해내는 공장과 같다. 이 시인의 작품을 읽고 있으면 채워지지 않는 그리움이 허망 속으로 곤두박질치면서 또 다른 그리움을 낳는 일종의 도미노 게임을 보는 것 같다. 그리움의 도미노. 하나의 그리움이 연쇄적으로 그리움을 낳는 시와 시의 연결고리를 간직한 그리움. 그는 그것을 고통스러워하면서도 탈출을 적극적으로 시도하지 않는다. 오히려 그것에 빠져 그것을 즐기고 있는 모습이라고 한다면 과장된 표현이 아닐까.

이금숙 시인의 그리움은 어느 한 대상에 한정되어 있지 않다. 끝없는 그리움이 이 시인을 채워지지 않는 공허에 밀어 넣고 있다. 어쩌면 그의 그리움은 영원자, 절대자에 대한 짝사랑이며 그리움이라 불러도 좋을 것 같다.

어디선가 나도 모르게
그리움이 싹 하나 그대를 향해
한 뼘씩 자라나면
먼 발자욱 소리에도 놀라 저만치 동구 밖 저문 하늘만
내내 바라보는 바보가 된다

――중략――

그 어디에
이렇게 가슴 저미는 힘 있어
그리움의 싹은 커 오르고
또 자라서 숲을 만드는가
내 하나의 슬픔이기 전에
사랑하는 마음 가슴 속 응어리는
불이라야 녹혀질까,
물이라야 식혀질까,
애린의 섬 위로 떠 오른 빈 배여
내 아직도 너를 사랑하고 있음에
오늘의 이 고통은 부질없는 것이 아니다.

－「나는 바보다」 중에서

자신도 모르게 내부에 움터오는 그리움의 싹은 먼 발자

국 소리에도 소스라치게 놀란다. 그리움으로 멍든 가슴은 저물어 가는 노을을 멍하니 바라보는 일이 많아 거기에 열중하게 된다. 그리움 밖에 열중 할 줄 모르는 사람은 다른 일에는 등한시 하는 바보 일 수밖에 없다. 〈그리움=바보〉라는 은유를 통해 그리움의 강도를 높이고 있다. 더욱이 그 그리움은 시간이 흐를수록 성장하여 숲을 이루고 가슴속에 응어리로 자리 잡는다. 그 응어리는 불로도 녹일 수 없고, 물로도 식힐 수 없는 단단하고 뜨거운 응어리이다. 시적 화자는 '애린의 섬 위로 떠오른 빈 배' 만을 본다. 지금껏 애달아 그리워하던 것이 빈 배였고 그의 그리움은 채워지지 않는 절대적 존재로 남게 된다. 그러나 그마저 사랑하고 있고 그런 기다림의 고통은 결코 부질없는 것이 아님을 스스로 다짐한다.

이렇듯 정신의 함몰에 깊이 관여하는 그리움이야말로 이 금숙 시인에게 짐지워진 부담이며 그에게 있어 고통의 한 단면이다. 그리움은 퍼낼수록 깊어지는 특징을 지녔고 깊은 갱 속으로 파내려가는 광부처럼 그리움의 광맥은 이 시인을 깊은 곳으로 끌고 간다.

거리마다 외로움이 풀풀 휘날리고(「九月노래」)
그리움은 또 얼마나 눈물겨운 기다림인가(「시월의 기억 하나」)
깊어진 가을 속을/홀로 걸어가는 낙엽 같은 여자가 밉다(「가을날」)

기억 속에서 떠나는/옛 님의 발자국 소리를 들었다(「만가」)
낙엽 지는 어딘 듯/후줄근히 적셔올/그리움---/그리움(「가을비」)

그곳에는 그리움을 부둥켜안고 사는/신들의 판자집이 웅크리고 있다(「여름 1993」)

그대를 그리워하는 일/또는 내가 그리움의 대상이 되는 일/사랑하는 사람을 그리워하듯/그대를 사랑하는 일(「안개의 강」)

누구의/그리움/저토록 깊어/가슴에/멍이 되어/하늘로/피었나(「노을」)

내가 너를 기다리는 것은/돌아갈 겨울이 있기 때문이다/나를 안 순간부터/줄곧 겨울이 오리란 것을 예감하고도/기다림을 배워 온 '순수의 친구' /만남을 재촉하는 엽서인양/낙엽, 오늘은 뉘 가슴으로 날아가/소복이 쌓인/한 장의 그리움을 털어내려는가

「가을 기행」

이 시인에게 부담으로 작용하는 그리움은 그 대상을 사람에 제한을 두지 않는다. 그의 그리움은 세계로 열린 그리움이며 자신의 내부세계에서 밖의 세계로 향한 그리움이다. 그러기에 어떤 사물과도 만날 수 있으며 그 사물로부터 그리움의 정감을 자연스럽게 끌어 올릴 수 있다. 이 시인의 작품에서 시간적 공간으로 가을이 많이 등장하는 것도 그리움에 대한 부담의 크기가 가장 절실하게 다가서는 때이기도 하다. 낙엽이 진다든가, 기러기 떼 날아가는 하늘을 본다던가, 저물 무렵 석양의 아름다운 채색 속에서 더 큰 부담을 스스로 키워 올리고 있는 시인의 모습이 도처에 남아 있다.

그에게 부담은 빠져나올 수 없는 원초적인 정감으로 작

용한다. 보완 될 수 없는 정신적 부담은 그를 평생 짐 지워
져 살아가게 만들 것이며 그의 부담은 그를 평생을 통하여
시를 쓰게 만들 것임을 알 수 있다.

Ⅰ
오늘은 꽃집에 가서 가을남자를 만났다.
노랗고 붉은 그 남자의 향기는
빛깔만큼 곱게 나를 유혹했다
낙엽을 닮은 그 남자는 꽃집 유리창 너머로
가을이 저무는 거리를 바라보며
"오늘은 내 사랑을 받으세요"라고 말했다
누굴까 이 아름다운 남자를 선물한 이는.

Ⅱ
꽃을 사러 꽃집에 간다
내 마음이 슬프면 가냘 픈 안개꽃을 사고
내 마음이 즐거우면 분홍빛 장미를 한 다발 산다
아무도 내 사랑 받아 줄 리 없지만
내가 사랑하는 꽃을 닮은 사내는
언제나 "꽃처럼 살라"며 나를 격려해준다
거리로 나선다
못내 그리운 이름들을 기억하는 해질 무렵
오늘은 어느 꽃집에 가서
내 사랑의 가을 남자를 만날까.

―「꽃과 남자」 전문

시적 화자가 꽃집에 가서 만나 것은 꽃이다. 그런데 시적화자는 가을남자를 만난 것이라고 둘러댄다. 여기서 우리는 주목해야할 대목이 있다. 지금까지 우리는 꽃이라고 하면 대개가 아름다운 여자를 비유해 표현해 왔다. 그런데 이 시인은 그것을 남자에 비유하고 있다. 기존의 고정관념으로부터 탈피를 시도하고 있으며 페미니즘의 실현을 보여준다. '꽃은 여자다' 는 은유를 우리는 당연한 것으로 받아 들였다. 어쩌면 여성을 상품화하는 그런 은유였다. 이 시인은 그것을 과감히 부수어 놓고 있다. '꽃은 남자다' 라는 은유 속에는 그동안 여자들이 당해왔던 상품화에 대해 진 빚을 일거에 갚아 버리는 형용이다. 그녀가 이를 의식적으로 썼든 무의식 적으로 썼든 간에 이번에는 반대로 남성을 상품화(?) 해버린 것이다.

여기에서 꽃처럼 갖고 싶은 남자, 또는 꽃과 같이 아름다움으로 소유하고 싶은 남자, 그 그리움의 깊이를 더할 수 있는 대상이기에 꽃을 가져온 것이라 본다. 하여튼 시적화자는 유혹당하고 싶은 마음이 꽃집에 갈 때마다 들었고 그것은 빛깔과 향기로 다가와 버릴 수 없는 내적 그리움으로 침잠해 가는 것이다. 이 작품에서도 그리움은 모든 상황을 지배한다.

마흔이 되어서야 철이 드나 보다
누군가를 사랑하고 싶은
절절한 마음을 깨달았을 때 비로소
내 나이의 무게를 느끼게 된다.
정말, 이제는 누군가를 사랑하고 싶다.
베개 머리맡에 앉아 도란도란 삶의 얘기 나누고

아픈 손 잡아줄 그런 사람 하나 있었으면——————
나는 정말 바보였을까.
마흔이 넘어서야 겨우 깨달은 삶의 진리를
아직도 남의 일인 양 치부하며 살기로 작정한 것은,
나를 위해 기도해줄 사랑을 찾아
내 간절한 소망 하나 일궈간다면

오늘은
이 거리를 배회하며
그런 사랑 하나 찾고 싶다.

　　　　　　　–「이제는 사랑하고 싶다」 전문

　이 시에서 시인은 마흔이 넘어서야 철이 들었다고 고백하고 있다. 이 시인이 마흔이 넘어서 든 철은 어떤 것이었을까. 그리움을 통해 삶의 무게를 가늠하고 삶의 무게를 느끼고서야 누군가를 사랑하고 싶다는 결론에 도달한다. 누군가를 진정으로 사랑할 수 있다는 것은 자신을 사랑할 수 있게 되었다는 말과 같다. 자신의 모습을 사랑하는 것이 바로 다른 대상을 가질 수 있는 자격이 있기 때문이다. 그래서 그는 더욱 현실적인 모습으로 돌아와 있다. 그동안의 안개 같거나 불투명한 사랑이기 보다는 〈베개머리 맡에 앉아 도란도란 삶의 얘기 나누고/아픈 손잡아 줄〉 구체적인 사랑에 접근하고 있다. 그것이 바로 우리 삶에서 느낄 수 있는 가장 보편적인 사랑에의 귀속인 것이다. 그러기에 그가

든 철은 이제 비로소 세상을 보는 시야가 열린 것이다. 나이가 들면 점차 현실적이 된다는 말이 있듯이 이 시인 또한 맹목적이거나 추상적인 대상으로부터 벗어나 구체적인 삶의 모습으로 현현되고 있어 그녀의 시는 선명한 모습을 지니고 있다. 그것은 「나를 위해 울어 줄 아이를 위해 정성을 다하는」 사랑을 갖기 위해 거리를 배회한다. 이 시인의 시는 의미를 감추거나 우회적인 완곡한 표현을 쓰기 보다는 대상과 정면으로 부딪히는 진솔함을 갖고 있다. 물론 진실한 육성에 의한 감동은 배가 될 수 있다고 보지만 시의 맛은 떨어질 수 있다는 우려를 떨쳐버릴 수 없다.

숲속이었네
나뭇잎 속에는
내 신발과 가방과
유년의 옷가지들이
제각기 한가지씩
그리운 모습되어
들어 있었네

그해 봄의 열정
여름 장마비
이별의 슬픔까지도
낙엽은
스며젖은 향기처럼
곱게

세월의 그림자를
묻어 두었네

하루에도 몇 번씩
얼굴을 마주치며
이름을 부르며
계단을 오르내리며
꿈엔 듯
스쳐가며 기다리던 사람

바람이었네
북풍의 칼바람 속에는
잠든 여름 끝에서 가을이 울고
구르듯 그림자 끌며
겨울이 침묵처럼 스며들고 있었네.

−「잊혀진 꿈」 전문

　이금숙 시인의 작품 속에 드러나는 부담은 앞에서 지적했
듯이 그것이 표면에 쉽게 드러난다는 결점을 가지고 있다.
시의 묘미가 감추는데서 비롯된다면 그의 시는 드러냄으로
서 선명성은 높일지 모르나 깊이 천착할 수 있는 맛을 독자
들로부터 앗아가 버리는 효과를 준다. 그러나 위 작품에서
는 그것이 내재하여 밖으로 드러나지 않는다. 그렇게 되었
을 때 그의 시가 갖는 힘은 살아나는 것이다. 그리움이라는

관념 없이 그리움을 표출시켜 내는 힘 그것이 시가 가진 힘이라는 사실이 충실하게 반영되어 있다. 솔직하고 우회적이지 않는 것은 인간관계에서는 좋은 표현법이나 시에서는 그것이 바람직한 방법이 아니라는 것을 위 작품은 보여주고 있다. 실제 이 시인의 성격이 호방하고 적극적이어서 그런 모습이 나타나는지 모르겠으나 가차 없이 자신의 정감을 직설적으로 드러내는 솔직한 작품이 몇몇 있음을 부인할 수 없다. 감추고 우회하는 여유를 담아주었으면 하는 바람이 뒤에 남는다. 그녀의 시가 의미의 폭을 넓힐 수 있는 것은 그가 가진 부담으로부터 또 다른 부담으로 진전되기를 바라는 마음이며 부담으로 느껴지지 않는 모습을 발견할 수 있었으면 한다. 그것은 이금숙 시인의 능력이 두드려져 보이는 다음 작품에서 그 가능성을 충분히 예견할 수 있기 때문이다.

낮달이 떴다.
논두렁에는 거름 매는 어머니 흰 삼베적삼
중참 때 멀어 참새미 물 한 모금
허리를 펴면
하늘도 돌고 낮달도 돌더라.

외상술 받아오라던 아버지가 미워
검정고무신 발로 차버린 한 되 반짜리
양은 주전자.

빈 소리가 되어 가슴을 울리던
초가을 하늘 위로
무심히 스쳐가던 고추잠자리 떼
술그릇 들고 냇고랑 건널 때마다
이 물 모두 술이었으면———

                    -「추억IV」 앞부분